大愛有聲

董伟达

人民东方出版传媒
東方出版社

献给母亲

目录

第一篇　中国风

第二篇 孝有道

第三篇　爱永恒

第四篇　长相思

第五篇　合和颂

第一篇

中国风

中国梦

我是中国人，
我有中国梦，
祖祖辈辈传给我，
走过唐宋元明清。
我是中国人，
我有中国梦，
大河奔流小溪满，
大家富了小家兴。

中国梦是富强梦，
中国梦是和谐梦，
百年屈辱难回首，
中国人只想要和平。
千秋大业同心圆，
明天的中国，
姹紫嫣红！

中国红

中国人最喜欢中国红，
中国红浸透着中国情；
中国情织成了中国结，
中国结摇醉了中国梦。

大红的花轿红盖头，
大红的蜡烛红灯笼；
大红的对子红双喜，
大红的爆竹红夜空。

红娘搭鹊桥，
红线牵一生；
红颜觅知己，
红花配英雄。

红！红！红！
红红火火好日子，
好日子离不开中国红！

中国字

外国人看中国字，
龙飞凤舞太神奇；
堂堂正正几千年，
点画撇捺都亮丽。
大篆刻在龟背上，
小篆中国大统一；
隶书楷书行书草书，
翰墨飘香有灵气！

读懂中国字，
就知道中国史；
临好金石帖，
能悟出大道理。
一笔笔鲜活庄严，
一款款诗境画意；
南北东西书同源，
中国字凝聚天和地！

中国画

幽幽沉香墨，
飞歌天地间；
纤纤修竹笔，
曼舞几千年。
疾风劲马鸣塞北，
烟笼晓月醉江南；
心有灵犀透纸背，
意在手中自成禅。
一花知春深，
一叶梦秋寒；
云雾腾蛟龙，
朝霞映远山。
大江东去浪堆雪，
小桥人家话桑田；
留白处万千气象，
人相对古今同源。
啊！
水墨丹青，
中国画卷！

中国茶

世人都喝中国茶，
中国茶里有文化：
一冲二泡看公道，
三四五品是精华。
小盏玲珑演茶艺，
大碗酣畅解劳乏；
千年古道通南北，
老树新枝育嫩芽。

龙井普洱铁观音，
茉莉花香满天下；
君山银针大红袍，
故事浸透紫泥砂。
日月杯中留，
壶里乾坤大；
苦涩甘甜人生路，
回肠荡气中国茶！

魏恒斌书法作品《中国茶》

中国酒

中国有佳酿，玉液凝奇香；
悠悠千载酒旗风，浓浓古韵情绵长。

宋太祖把盏释兵权，
杨贵妃醉舞媚君王，
李太白举杯邀明月，
曹孟德长歌笑杜康。

酒里有真情，亲人团聚话衷肠；
酒里有文化，知己相逢最酣畅。
敬厚德，拜高堂；
暖心扉，祝安康。

干一杯豪情满怀，
醉一回幸福吉祥。
华夏文明，
源远流长！

中国陶

一双泥手，捧起五彩斑斓的梦想；
一腔热血，染红千年古老的苍凉。
追风踏月，唤醒秦汉唐宋的魂魄；
披肝沥胆，筑就陶艺世界的辉煌！

生命在指尖上跳动，
釉色在烈火中绽放；
圣洁窑变成永恒，
涅槃升腾起希望。

一层层天真，一款款张扬，
一环环灵动，一尊尊酣畅。

啊，中国陶艺！
你是人间的瑰宝，
你是不落的太阳！

中医药

轻轻地按下寸关尺，
细细地分辨虚和实。
阴阳寒热两相济，
五脏六腑有表里。

守的是四诊八纲，
探的是轻重缓急。
难的是对症处方，
行的是君臣佐使。

神农尝百草，
悬壶解人疾。
华佗扁鹊李时珍，
妙手回春通天地。

别小看了那寻常的药，
煎出汤来很神奇；

别小看了那精细的针，
行在穴中辅正气。

感恩老祖宗留下的宝，
这是咱中国人——
献给全人类的长寿礼。

明明德

大学之道，在明明德，在亲民，在止于至善。

——《大学》

明明德，明明德，
这是一首古老的歌；
明明德，明明德，
这是一团燃烧的火。
几千年风雨相伴，
这首歌唱到了新中国；
多少代达人志士，
把火炬传给了你和我。

人间正道，大气磅礴；
东方神韵，天地祥和。
啊！明明德啊明明德，
一人唱啊万人合！
明明德啊明明德，
心中的太阳永不落！

凌波水仙

纤巧水仙，
袅袅玉立婀娜；
寒香迎人，
醉了丹青翰墨。
是凌波仙子？
还是芳魂倾国？
一领翠绿牵衣袂，
几重相思伴独酌。
年年发新芽，
岁岁伴春色；
娇弱不染尘，
淡雅羞远客。
谁人解得拈花语，
倚窗凭栏与君说。

看风景

闲时去海边，
只为了看风景。
风从哪里来？
云往何处停？

海边的礁石不怕浪，
浪里的故事太沉重。
沙滩上串串脚印连着笑，
放眼看天地之间有彩虹。

痴痴地看，
轻轻地听，
淡淡地想，
浅浅地梦。

夕阳恋晚霞，
洒下一片红。

紫荆花

三个亲兄弟，
闹着要分家；
分了东西分南北，
还剩一株紫荆花。

夜色浓，月西下，
兄弟相背不说话；
只等天明日出后，
砍成三段各自拿。

紫荆树，正繁华，
花似蝴蝶枝上挂；
天明风起蝶飞去，
只见枯枝不见花。

三个亲兄弟，
热泪胸前洒；
树亦有情恨离别，

人却无义各天涯。
惊醒糊涂人，
羞对紫荆花；
兄弟和睦归于好，
骨肉永远不分家。

啊！
紫荆树啊紫荆花，
枯枝回春又发新芽！
你看那满天的红蝴蝶，
飞过了大海飞回了家！

注：相传，汉代有兄弟三人不合分家，财产均分后，尚有屋前一株紫荆花树。兄弟三人约定次日将紫荆花树一分为三，各得一段。谁知次日清早，紫荆花树已枯萎凋零。三兄弟惊讶：一棵树木听说要将它分开，尚且伤悲，难道人还不如树木？于是兄弟三人不再提分家之事。没多久，屋前的那株紫荆花树又繁茂起来。从此，紫荆花便成为团结和睦、骨肉难分的一种象征。

月中荷

清风吹过池塘，
夜色淡雅幽香，
荷花捧出月亮来，
人间天上两相望。

绰约不争艳，
娇弱绽芬芳，
一抹嫣红羞远客，
并蒂合欢情绵长。

相拥在月光里，
温馨在水中央，
摇一池翠绿，
醉一怀霓裳，
凌波起舞，
地老天荒。

李清照

又听一夜秋雨，
人憔悴，
独倚栏杆。
西风摇醉芭蕉，
霜满地，
愁思故园。

都说是须眉让巾帼，
有谁知红妆不夜眠？
叹的是国破家亡，
恨的是手中无剑。
泼墨处霸王长歌，
做人杰无愧于天。

寻寻觅觅，
凄凄惨惨。
人比黄花瘦，
豪情冲霄汉！

江上月

我站在滚滚东去的大江身旁，
听千古的风卷起万堆雪浪，
问一句天上的明月今夕是何年？
不远处东坡把酒浅吟低唱。

月缺了圆了多少回还是一个样，
人聚了散了多少代依旧两相望。
人间自有真情在，
笑谈冷暖看沧桑。

人看江上月，
情在水中央。
论英雄都说是羽扇纶巾，
共婵娟却难忘小乔红妆。
魂牵梦绕，
荡气回肠。

轮回

冬天来得早，春天不会远；
夏天走得急，接着是秋天。
小孩子他想长大，老一辈盼交好班；
甲子六十转一回，别给自己留遗憾。

太阳落下山，清晨升起来；
一弯新月亮，十五她就圆。
善恶都会结出果，冥冥之中有慧眼；
报答父母养育恩，你的德行往下传。

天下的事啊，有因就有缘；
生活的路哇，有直也有弯。
一条路你往前走啊，
谁也走不出那个圈。

心语

谁见过花香在空中飘？
谁知道风在哪儿歇脚？
谁丈量过思念有多长？
谁倾听过心语静悄悄？

花香在梦里飘散，
风儿醉卧在林梢，
思念缠绕着岁月，
心语牵动着微笑。

啊！
大爱无疆，
温馨曼妙；
大象无形，
地厚天高。

桃花源

中国古老的书卷里，藏着一处桃花源；
青山绿水阡陌路，男耕女织桑榆晚。

窗含秦时月，春秋已千年；
鸡犬两相闻，逍遥在人间。

都说是天上神仙恋红尘，
却原来觅得桃花景色鲜；
甜蜜蜜安宁自在好日子，
乐融融丰衣足食太平宴。

啊！
那是东方的天堂，
那是梦中的乐园。
知否？知否？
有一条大船，
正开往桃花源！

洒脱

从不怕漆黑的长夜，
因为心中有一轮明月；
从不怕孤独和寂寞，
自有风景陪伴我陶醉。
看落叶流芳，
品山间溪水；
鹤舞不迎人，
凌雪觅芳菲。

失意时惊鸿一瞥，
转回身风卷云飞；
功成时仰天长揖，
泼墨处一腔敬畏。
相逢一笑，
泯却了往世的心累；
临江望海，
天地间飘舞着大美。

啊！

爱恨如烟，

无怨无悔。

归去来兮，

踏歌梦回。

圆融

中国人聪明能看懂天，
大宇宙它就是一个圆；
太阳和月亮是两条鱼，
日夜不停地在里边转。

一转出了二，
二化成了三；
三生万物无穷尽，
自然恢弘天地间。

飞鸟成双对，
绿水恋青山；
人在蓝天下，
相逢都是缘。

五彩的金木水火土，
养育着苍生薪火传。

自然

天地有大美，
万象皆自然；
春夏秋冬牵古今，
东西南北成方圆。

月落太阳升，
甲子轮回转；
大雁回首枫叶红，
雪落无声兆丰年。

凤求凰，人相恋；
看世界，品甘甜。
听一曲天籁交响，
揽一怀丹青画卷。
大道无疆，
光明灿烂！

黄国铭绘画作品《春》

悟道

煌煌天地间，大道金光闪。
太古的明月秦汉的风，梦醒函谷关。
紫气东方来，辉映几千年。
盛唐的诗韵宋元的曲，萦绕在身边。

（童声白：）
“道可道，非常道；
人法地，地法天。
什么是道？
道就是天。
什么是天？
是大自然。”

中华大文化，
同根又同源；
古往今来求和谐，
大道就是大自然。

天籁

夏夜郊外的晚上，
倾听天籁的交响。
风从天际来，
吹散了月光。

杨柳摇曳着新绿，
夜莺在枝头伴唱。
青草发出了嫩芽，
花儿舒缓地绽放。

玉米拔节，
麦穗蓄浆，
蛙鸣缠绵，
流水轻漾。

还有，还有，
生命都在律动，
朦胧的田野里，
飘来梦的甜香。

树挂

是冬天的精灵在枝头上垂挂，
是冷暖的情丝在天地间挥洒。
不是寒冰，不是雪花，
晶莹神妙，素淡清雅。

一层层朦胧，一缈缈轻纱。
雾里看凇，梦里看画。
客从凡尘来，回首成仙家。

你听，你听！
有天宫的环佩，
在耳边，在东方，
舞起朝霞。

注：“树挂”是雾凇的俗称，在北方常见，是一种冰雪美景。

沙画

一缕细细的沙，在指尖上挥洒，
是心灵的倾诉，染成了一幅画。
疑似水墨丹青，雪落红墙绿瓦，
花儿开了谢了，月亮升起落下。

左手拨动着江南烟雨，
右手触摸着塞北神话。
大漠托孤烟，晨钟送晚霞，
听流水缠绵，看小桥人家。

醉了，醉了，
挥挥手，无痕无涯，
转回身，有画无沙。

注：沙画，即用沙子作画，是一门奇特的艺术。它具有独特的表演魅力，能使现场观众进入梦幻般的意境，享受前所未有的视觉盛宴。沙画是写意的，写意的就是自然的，自然的就是美的。

旗袍

走过了，岁月的浮华，
留下了，诗意的奇葩，
转回身，婀娜了风景，
流光里，婉约了华夏。

高领秀，富贵花，
一舒一敛一潇洒，
如意襟，水墨画，
一动一静一牵挂。
遮不住的词韵，
看不够的淡雅，
暗香飘泻倾古今，
飞鸿踏雪醉红霞。

惊艳了五彩缤纷，
靓丽了东方神话。

清音萦绕天地间

旅程都有终点站，
多远谁也看不见；
人生都有好年华，
往事只留梦飞烟。

别说百年弹指过，
落叶流水自怡然；
别说缠绵放不下，
寒来暑往由它转。

雁南飞，看画卷，
青山绿水好诗篇；
风吹柳，听丝弦，
清音萦绕天地间。

光阴在手里，
岁月人自圆；

心有桃花语，

永远是春天。

待到夕阳映晚霞，

掌声响起来，

鲜花映笑脸！

羊脂玉

蓦回首月光里，
婀娜羊脂玉。
千万年始唤出，
梨花羞带雨。
凝住了心儿不跳，
把清辉怯怯挽起。
一袭淡抹掩凝脂，
暗香盈袖拂娇躯。

还记得昆仑山下长亭赋，
几世轮回恨别离；
忘不了泪眼婆娑望江南，
我在凡尘苦寻觅。

袅袅云烟，
沁人心脾，
长风当歌，

执手如意。

了却了月下的缘，

倾尽了痴情的你。

紫色的火焰

江南春色早，
北国春意寒；
千树万树紫丁香，
含苞惹人盼。

千千结，
心相连，
浓香透体不争艳；
雨丝丝，
情缠绵，
相拥相守迎春暖。
待到天宫御令来，
点燃枝头不夜天。

啊，丁香！
美丽的丁香！
你是北国的春潮，
你是紫色的火焰！

注：历代诗人都把丁香写成惆怅、哀怨、一颗愁心永远守候的模样。李商隐《代赠》中的“芭蕉不展丁香结，同向春风各自愁”，李璟《浣溪沙》中的“青鸟不传云外信，丁香空结雨中愁”，陆龟蒙的“殷勤解却丁香结，纵放繁枝散诞春”，贺铸的“深恩纵似丁香结，难展芭蕉一寸心”……无不将丁香的惆怅郁结在千千情结中，纠缠于密织的情网里。我反其义赋予丁香燃烧的激情。

快乐每一天

快乐每一天，
别让烦恼来纠缠；
珍爱每一天，
不给生命留遗憾。

光阴一去白了头，
岁月不会倒着转；
谁都尝过苦滋味，
笑对人生过百年。

把太阳抱在怀里，
把月亮挂在床前。
健康老来俏，
大福是平安；
祥和兴家国，
天高地也宽。

醉花荫

年年教师节，
老师最温馨；
举国颂师德，
艳阳醉花荫。
兴家要勤劳，
强国靠育民；
古往今来多少代，
贫富都要拜师尊。

年年教师节，
老师最欢欣；
桃李满天下，
告慰耕作人。
学子要担纲，
当敬师为亲；
授业解惑担大任，
老师情同父母恩。

民以食为天

中国吃文化，
民以食为天；
谁也离不开，
泱泱三顿饭。
吃饱了有底气，
饿肚子腿就软；
十三亿中国人，
筷子能堆成山。

有本事才能吃得开，
没工作就是没饭碗；
退休了可以吃老本，
看热闹胜过飨大餐。

吃紧吃力吃硬吃软，
吃红吃喜吃洋吃鲜；
所有的事儿都离不开吃，
吃透了才能大发展。

悠悠弟子规

悠悠弟子规，唱了几百年；
朗朗读书声，鹤发伴童颜。

天有四时牵春秋，
地有西北跨东南，
十载辛劳得一木，
百年育人莫等闲。

弟子规，老人言，
人之本，爱当先；
尽孝道，知廉耻，
好根苗，性不迁。

长成了参天树，
风吹不倒，雪压不弯；
做一个栋梁材，
顶得起家，擎得住天。

第二篇

孝有道

颂歌

母爱如海，父爱如山；
生我抚我，劬劳百年。

母爱如地，父爱如天；
鞠我育我，恩德无边。

母爱丝丝，父爱绵绵；
家训教正，恒久永远。

母爱亲亲，父爱琰琰；
昊天罔极，刻骨铭鉴！

“娘”字最美

中国汉字千千万，
“娘”字写出来最甘甜；
中国书法各种体，
“娘”字刻出来最美观。

点画慈爱，
横竖庄严，
端庄秀丽，
神圣懿满。

笔笔含恩情，
字字成方圆；
千丝万缕牵古今，
厚德沁心田。

这就是娘，
永远的恋。

孝字歌

中国汉字最奇妙，
一老一子念作孝。
千年万年都不变，
做人都要尽孝道。
老爱着子，
子敬着老，
祖祖辈辈传下来，
中国人最重这一条。

精忠报国遵母训，
扇枕温被人称道，
卖身葬父天仙配，
卧冰求鲤冰雪消。
好人一定是孝子，
爱人爱己德行高；
孝子一定都善良，
为民为官品自骄。

妈妈的思念

妈妈的思念，
在电话里边。
她关心我的工作，
询问我的冷暖。

我打电话回家，
她都跟我说平安，
让我别为她分心，
几句话就匆匆挂断。
可很快又打回来，
一说起来就没完。
过了很久我才明白，
是怕我多花长途钱。
年节我给的孝敬，
她都悄悄包起来，
夜深人静的时候，
只是拿出来看看。

啊，妈妈，

亲爱的妈妈！

您把爱都给了儿女，

恩德无边，

天地可鉴。

天下父母都一样

恩爱夫妻拜高堂，
孝敬老人没偏向，
你的双亲我叫爸妈，
我的父母你喊爹娘。

疼儿子婆婆爱媳妇，
娇女儿泰山宠婿郎。
骨肉相连一家亲，
天下父母都一样。

别忘了报答养育恩，
别忘了这世上有伦常，
一代一代往下传，
人间正道是沧桑。

忏悔

普天下的儿女啊，
请随我一起忏悔，
我们有多少不肖，
曾经让父母流泪。

小时候愚顽不算，
记不清如何昏昧，
成人后回首自问，
谁敢说问心无愧？

儿行千里母牵挂，
思念双亲有几回？
儿的脸色娘查看，
老人的心事儿不慧。
有太多的不敬，
有太多的后悔，
用心尽孝吧，

报答三春晖。

别等到子欲养时亲不待，

只留下声声叹息空悲咽。

父母的爱

父母的爱很平凡，
点点滴滴每一天；
父母的爱很简单，
衣食住行冷和暖。

嫌过母亲的唠叨，
怨过父亲的严管，
不敢和父亲犟嘴，
却给过母亲脸色看。

啊，我的父亲母亲！
你们的心血都在儿女身上，
做儿女的明白时却悔之已晚。
你们的恩德比天高比海深，
做儿女的永远也报答不完。

啊，我的父亲母亲！
请原谅你们的儿女，
请接受这忏悔的呼喊！

妈妈的手

思念亲人的时候，
就想起妈妈的手，
粗糙的手背弯手指，
一辈子劳作到白头。
白天在外面忙东西，
夜晚在灯下熬半宿；
多少回指尖渗出血，
多少回辛酸满衣袖。
啊，妈妈的手，
撑起了一个温暖的家，
养育了有出息的心头肉！

思念亲人的时候，
就想起妈妈的手，
厚实的手掌挂着茧，
一辈子不怕累和愁。
家里守护着半边天，
家外呵护着光阴走；

多少回手心攥着难，

多少回擦去热泪流。

啊，妈妈的手，

天下的母亲一条心，

托起了大地儿女写春秋！

父亲最恋家

父亲常念叨一句话，
外面再好也不如家。
家里有亲人的盼望，
家里有心头的牵挂。
从不怕雨霜风雪，
从不求富贵荣华，
只盼着儿女有出息，
一心呵护着温馨的家。

累了烫一壶热烧酒，
烦了哼几句伊儿呀。
从没和儿女使过横，
从没和母亲吵过架。
父亲就是家里的天，
有天家就不能塌，
父亲就是家里的福，
有福才能闯天下。

啊，我的老父亲，

一辈子知足的就是家，

一辈子骄傲的也是家。

思念到永远

年年回到家的时候，
都要吃妈妈下的汤面。
她坐在我的身旁，
看着我一口口吃完。
她知道我吃饱没吃饱，
她知道我嘴里的淡和咸，
每次我用衣袖擦汗，
她都高兴地说——
妈的儿子没有变。

年年离开家的时候，
都要吃妈妈煮的汤圆。
她早早起来守候，
看着我一个个吃完。
她知道我吃好没吃好，
她知道我身上的冷和暖，
每次我要跨出家门，
她都大声地说——

妈的儿子不会变。

啊！

一碗热汤面，

一碗甜汤圆，

温暖在心里，

思念到永远！

妈妈的目光

妈妈的目光，
在我的身旁，
牵着我的笑声，
送我张开飞翔的翅膀；
妈妈的目光，
在我的路上，
牵着我的脚步，
送我一程一程地向上。

妈妈的目光，
在我的梦里，
牵着我的衣襟，
让我时刻忘不了家乡；
妈妈的目光，
在我的心里，
牵着我的思念，
让我永远忠诚和善良。

啊！

妈妈的目光，

在梦里，

在天上，

化成了美丽的彩虹，

融进了温柔的月光。

黄国铭绘画作品《夏》

父亲

父亲是一首老歌，
我是他的开心果。
他给了我善良的灵魂，
也给了我五彩的欢乐。

站在父亲的大手里咿呀学语，
骑在父亲的肩膀上放飞白鸽。
高兴的时候父亲和我一起乐，
一把花生我吃，二两烧酒他喝。

放学回来，父亲跟我学功课；
上班以后，父亲为我做参谋。
过不去的沟坎解不开的扣儿，
父亲他总能想出办法帮上我。

我的第一根胡须父亲摸了又摸，
他的白发我拔净了新长的更多；

我比父亲高出有半个拳头，
可他却总喜欢跟我比大个。

我和父亲拍过无数次手心，
父亲对我有过无数次承诺；
千年不改，我的父亲永远是他，
万年不变，他的儿子永远是我。

母亲

母亲住在乡下，
从小到大，
她就管着我和弟妹，
管着我们全家。

淘气时挨过母亲的打，
学习不好挨过母亲的罚；
她让我一遍又一遍地抄书本，
抄那些她看不懂的横竖撇捺。
那时候心里抱怨，
盼着快一点长大。
终于长出了翅膀，
离开了熟悉的家；
带着母亲的唠叨，
还有她抓不住的牵挂。

工作留在了城里，
很快就有了小家。

守护着妻子十个月的艰辛，
我梦见了远方辛劳的妈妈。

啊！
不当家不知道柴米油盐是大事，
不养儿不知道养育恩情比天大。
一声呼喊，两行热泪。
妈妈，亲爱的妈妈！
我已经长大！

把欢声笑语送回家

打一个电话，叫一声爸妈；
问几句冷暖，说几句牵挂。

父母不在身边，年节才能回家；
别让老人惦记，别把亲人忘啦！

尽孝心不都是给钱买东西，
老人盼的是和儿女说说话；
不常在父母身边尽孝道，
那就把欢声笑语送回家。

老爸！
老妈！
要上班啦，
明天再打！

生日祝愿

年年我生日那一天，
我都会把蜡烛点燃；
祝愿我亲爱的妈妈，
身体健康，快乐平安。

生我的时候是妈妈的劫难，
天地之间妈妈如凤凰涅槃。
她给了我生命，
给了我做人的肝胆；
她给了我至爱，
给了我圣洁的光环。

唱一支歌，许一个愿。
让我八十岁时也有妈喊！
为妈妈祈祷：
福如东海，寿比南山！

天下父母亲

为人都是父母生，
眨眼也做父母亲；
世上儿女千千万，
天下父母一条心。

盼儿好，早成人；
养育情，百世恩。
看不够的想，
念不够的亲；
就是闭上眼睛含着笑，
泪花里也有牵挂的人。

啊！
普天下的父母啊！
你们的厚德，
与天地同存！

德行天下，人间正道

都说养育恩情比天高，
做儿女的要尽孝道；
别忘了你也要成家，
有一天也会走到老。

都说天下父母一条心，
全盼望着儿女们好；
别忘了你从哪里来，
多少人为你付辛劳。

都说万物生长靠太阳，
地球母亲的恩情高；
别忘了亲近山和水，
大自然喜欢你拥抱。

别忘了感恩，别丢了孝道；
德行天下，人间正道！

问自己

老人不在的时候，问自己有没有悔；
想起孝道的时候，看手里有没有愧。

你为老人洗过几次脚？
你给老人盖过几回被？
你陪老人说过几次话？
你给老人端过几回水？

子欲养时亲不待，那是几千年的悔；
亲不在时想起孝，那是一辈子的愧！

千万别留下悔，千万别抱着愧；
别留下割不断的痛，别留下洒不完的泪。

老人不在的时候，问自己有没有悔；
想起孝道的时候，看心里有没有愧。

你为老人搓过几次澡？
你给老人抓过几回背？
你陪老人吃过几次饭？
你为老人揉过几回腿？

子尽孝时亲含慰，那是几千年的美；
亲不在时天无怨，那是一辈子的惠！

千万别留下悔，千万别抱着愧；
别留下割不断的痛，别留下洒不完的泪。

注：刘锡泰曲。该歌曲获2012年中国社会音乐研究会主办的全国群众歌曲创作金奖。

永不忘记

爷爷在世的时候，
总挂念一件事：
年轻时用过朋友的钱，
还钱时却没了他的踪迹。
年复一年，日复一日。
银元已成了古董，
却没有任何消息。

现在父亲交给了我，
叮嘱我千万别放弃。
找不到恩人的后代，
那就捐到学校去。
让更多人感恩那份情，
让更多人分享那份义。
代代相传，永不忘记。

电话里的妈妈

不小心打错了电话，
电话那头是一位妈妈。
她以为我是她儿子，
说一直在等我电话。
还未等我说对不起，
就问我啥时候回家。
她不停地说，
我插不上话。
突然她哭出了声，
说梦里把儿子丢了。
我放不下电话，
流着眼泪陪她。
普天下的儿女啊，
别忘了给老人报一声平安，
别忘了家中惦记你的妈妈。

孝感天地，人间正道

中国人处朋友先要看对父母好不好，
不孝敬老人名气再大也不能和他交；
爹娘的养育恩情他都能扔到大街上，
朋友的分量在他手里还不如一棵草。

人最根本的是对老人尽孝道，
几千年改了啥也没改这一条。
想一想父母把你养大多艰难，
做儿女的有什么理由不回报。

眼睛别总是盯着钱，
良心可千万别丢掉；
交朋友一定要找孝子，
孝感天地，人间正道！

中华美德

中国古老的殿堂里，
刻着一句不老的话：
敬天敬地敬祖宗，
先要敬好爹和妈。

百善孝为先，
养育恩情大；
没有父母哪有你，
没有爹妈哪有家。

羔羊跪乳人称颂，
飞鸦反哺成佳话；
一份孝心一份爱，
中华美德传天下！

啊！
一份孝心一份爱，
中华美德传天下！

别忘了感恩

我们来到这个世界，
别忘了要学会感恩；
感谢父母给了我们生命，
感谢所有关爱我们的人。

老人不欠儿女情，
儿女理应尽孝心；
谁都不欠我们义，
我们何必寻怨恨。

扪心自省，
手里有多少德？
从小到大，
领受过多少恩？
只要我们还活着，
就当努力去报答，
只要我们还活着，
就要敬畏天地人。

九九又重阳

九九又重阳，
菊花绽芬芳，
天下儿女同祝愿，
老人都健康。
感恩德，
敬高堂，
尽孝道，
守伦常。
贺一杯喜乐长寿，
颂一声平安吉祥，
就是身在他乡回不了家，
也要把心愿送给爹和娘。
别忘了有一天你也要变老，
那时节就盼着亲人在身旁。

母亲的世界

母亲的世界在心里，
满世界装的是儿女；
儿女的世界在外头，
五洲四海探神奇。

儿行千里母牵挂，
针线扯着泪珠滴；
儿的思念娘心动，
梦里与儿同呼吸。

不图儿女的回报，
只盼都能有出息；
不恋儿女的富贵，
只求都有好身体。

这就是慈母的情，
一生一世难忘记；
这就是慈母的爱，
感动苍天和大地。

心灯

妈妈留下一盏灯，
灯光闪亮在心中。
那是母亲给我的爱，
让我一辈子走得正。
爱人如爱己，
珍惜好人生，
做人要善良，
有德才有成。
多想着别人的好，
别忘了恩人的情，
谁有难就帮一把，
温暖人心送光明。
啊！
那圣洁的灯光里，
是母亲慈祥的笑容。
她永远陪伴着我，
走向天边的彩虹。

第三篇

爱永恒

中秋月圆

因为你的美丽，
中秋的月亮最圆；
因为我的等待，
桂花的月饼更甜。
你也望月，我也望月，
天涯海角，今夜无眠；
你也眷恋，我也眷恋，
相思化作千里婵娟。

因为你的牵挂，
中秋的月色最暖；
因为我的思念，
心中的月亮更圆。
你也期盼，我也期盼，
天涯海角，今夜无眠；
你也祝愿，我也祝愿，
心愿化作福满人间。

注：潘兆和曲，廖昌永唱。

母亲河

家乡有一条小河，
绕着大山波连波。
我在她怀里长大，
她是我的母亲河。

啊，母亲河啊母亲河！

白桦林为你护航，
布谷鸟为你欢歌。
你给了我绿色的童年，
还有那不回头的性格。

你流向远方，
融进了生命的血脉；
你润泽大地，
养育着我可爱的祖国。

回家

年年除夕夜，家家盼团圆；
东西南北中，回家过大年。
我是一只风筝，在外漂了一年，
爸爸摇着线轴，妈妈牵着思念。

啊！回家啦！回——家！
家中有最浓的亲情，家中有最深的眷恋。
你看那天上的月亮，也融进了家的温暖。
啊！回家啦！回——家！

年年除夕夜，家家盼团圆；
东西南北中，回家过大年。
我是一只小鸟，飞过大海高山，
家乡向我招手，亲人把我呼唤。

啊！回家啦！回——家！
家中有祖辈的老根，家中有生命的绵延。
你看那大红的灯笼，也怀抱着爱的火焰。
啊！回家啦！回——家！

相望

——电视台歌曲

轻轻地我走来，
守望在你身旁。
我的每一次感动，
都和你顾盼相望；
你的每一次期待，
都让我终生难忘。

珍藏着你的故事，
触摸着你的梦想。
看转播塔下，
万家祥和；
听城乡沃野，
豪情激荡。

我们手牵着手，
憧憬明天，
走向辉煌！

阳光满天下

一壶山泉水，
几杯清心茶。
闻香品甘甜，
妙语解困乏。

大千世界在身外，
一怀和气乾坤大。
心中若有明镜在，
陋室也能参神话。

听一曲天籁，
看一轮月华，
捧起好心情，
阳光满天下。

生命是一条长长的河

生命是一条长长的河，
有直有弯也有旋涡。
急流时险滩激起千层浪，
舒缓时两岸风光好景色。
有多少回味的故事，
又有多少喜怒哀乐，
梦里拥抱大海，
化作浩渺烟波。

生命是一条长长的河，
有深有浅也有跌落。
迷途时东奔西走浊浪涌，
奔放时浅吟低唱大风歌。
有多少缠绵的涟漪，
又有多少酸甜苦涩，
一路浩荡东去，
融进万顷碧波。

蒲公英

轻轻的一阵风，
遥遥地飞上了天空；
脚下是辽阔的大地，
远方有金色的梦。

啊！蒲公英，蒲公英！
你飞过小溪，
越过山岭；
你飘过高楼，
滑过田垅。
落到有泥土的地方，
让生命萌动。

来年的春风里，
一定有朵朵小花绽放。
那就是你，那就是你！
美丽的蒲公英！

工字歌

头顶着天，脚踏着地，
挺直的脊梁千钧力；
肩扛着风，手拂着雨，
抖出的精神有豪气。

大桥跨江流，
巨轮鸣远笛；
荒原竖高塔，
钻井探神奇。

一颗颗红心，
温暖着万家祥和；
一双双臂膀，
簇拥着太阳升起。

嘿！
认识了工字就认识了你，
中国工人，
顶天立地！

秋冬印象

五色的深秋啊，
美得让人看不够！
枫叶红了，
杨柳黄了，
还有媚人的紫色，
也秀上了枝头。

秋阳里西风乍起，
月光下霜露含羞。
眨眨眼红黄蓝紫纷纷落去，
只留下不变的浓绿高昂着头。

一片片松柏，
一树树坚守，
为了秋天的庄严，
更为了冬天的尽头。
指点江山，
尽染风流。

黄国铭绘画作品《秋》

开心最吉祥

推开紧闭的门窗，
让快乐的风拂去无聊的惆怅；
解开恼人的缠绕，
看洁白的云飘来自由的畅想。
品一壶清心茶，
读一篇好文章，
醉一回山和水，
学一曲南北腔。
别再自己寻烦恼，
人生谁都有忧伤。
挥一挥手，
把往事送给昨天，
张开双臂，
拥抱初升的太阳。
处处都有好风景，
开心最吉祥。

我多想让时光倒流

我多想——多想让时光倒流；
我多想——多想让青春回头。
谁能借我一把油纸伞，
让我撑得起岁月悠悠。

往事萦绕在心头，
有几多苦夏？
又有多少个凉秋？
忘不了，忘不了春光艳阳，
还有那新月如钩。

我多想——多想让时光倒流；
我多想——多想让青春回头。
让时光在油纸伞上舞蹈，
让青春在岁月里悠悠。

怎么就老了

不经意间，
怎么就老了？
挥抹不去，
多余的眼梢。
手心里还攥着年轻，
转回身却忘了寻找。
儿时的梦圆了几分？
许下的愿还了多少？
泛黄的记忆里有多少故事？
昏花的镜子里模糊了骄傲。
儿女都已经长大，
不再为他们操劳；
品味着岁月的沧桑，
温暖着耳边的唠叨。
出去转转吧，
拾掇起抓不住的念头，
走出家门，
看夕阳正好！

品味时光

岁月，像一把刻刀，
把时光雕出了情调；
时光，是一杯咖啡，
把心情融进了味道。

屋檐下飘着浪漫，
窗棂上坠着精巧。
一曲若即若离的古韵，
一段如泣如诉的歌谣。
你看那只小精灵，
也枕着芳香，
悠闲地喵喵，
喵喵……

风入松·小草

生如小草沐春光，
绿色伴芬芳。
感恩大地铺娟秀，
风吹过，
神采飞扬。
笑看高山流水，
天涯海角无殇。

飞来野火卷枯黄，
魂魄浴馨香。
残躯喜得及时雨，
发新叶，
厚爱绵长。
何惧严寒霜雪，
莺飞地老天荒。

生活其实很简单

生活其实很简单，
忙碌悠闲三顿饭，
一觉睡到自然醒，
别让心里堵着烦。

人生都有不如意，
鸡毛蒜皮总不断，
要是缠恋这些事，
一辈子也难有笑脸。

遇事心要宽，知足保平安。
百年弹指过，别去攀长短。
给你一张黄金的床，
你也睡不成活神仙。

啥是好生活？珍惜每一天！
啥是好日子？快乐每一天！

心中的天堂

小时候，听爷爷讲天堂，
天堂里，金子铺在路上。
长大后，向往书里的伊甸园，
还有那，大得多的外国月亮。

走过了风风雨雨，
经历过磕磕撞撞；
喜悦伴随着失落，
悄然间两鬓染霜。

都说是天外有天，
却不见心中的天堂；
都说是景中有景，
却留不住游子思乡。

多少回呀！
梦中归故里，
蹦跳着跃入清水塘；

忘不掉啊！
屋前的老槐树，
小伙伴树下捉迷藏。

竹竿做战马，
三丫是新娘；
夜晚数星星，
梦里长翅膀。

啊，童年！
那是我难忘的天堂！
啊，故乡！
那是我永恒的天堂！

心中若有桃花源

心中若有桃花源，
人生何处无诗篇。
于无声里听天籁，
落花流水看怡然。

都哭过，都笑过，
哭笑都在弹指间；
都悲过，都喜过，
悲喜转身是平凡。
最怕心有千千结，
一条皱纹万缕念；
岁月无痕人自许，
再回首时已百年。

翻一遍《春秋》，
说的是沧海桑田，

看一眼《史记》，

演的是苦辣酸甜。

传说都是故事，

明天更灿烂！

清明情

年年清明节，
岁岁人不同。
千丝万点相思雨，
缠绵撩人情。

诗里的牧童在哪里？
可曾见水墨醉东风？
望江南枝头花如雪，
蓦回首塞北绿意萌。

天上人间，
彩练当空。

家

都把家说成是啥，
其实家它就是家；
祖祖辈辈一条根，
走到哪都牵着它。

小家亲人心连心，
大家怀里抱小家；
外面的世界很精彩，
却不如回到自己家。

忘了东和西啊，
忘不了家在哪！
就是化作一抔土，
也要撒在家脚下！

温饱是天

（童声白：）

“锄禾日当午，汗滴禾下土，

谁知盘中餐，粒粒皆辛苦。”

头顶着千年不变的太阳，

耕耘着大地绿色的希望。

谁也离不开的一日三餐，

饱含着多少辛劳和沧桑。

啊！

泱泱大国，

温饱是天；

芸芸众生，

吃的是粮。

人是铁啊，饭是钢，

半顿不吃，心就慌。

别浪费啊，莫铺张，

富了更要，多思量。

一天节省一把米哟，

能装满天下大粮仓！

一天节省一把米哟，

能装满天下大粮仓！

（童声白：）

“锄禾日当午，汗滴禾下土，

谁知盘中餐，粒粒皆辛苦。”

爱永恒

我站在地平线上，
仰望浩瀚的星空；
有多少美丽的传说，
在天幕上眨着眼睛。

我的心飞进了银河，
去寻找五彩的幻梦；
回头看我生命的摇篮，
也是一颗眨眼的星星。

日月庚辰，相恋相生；
苍茫宇宙，自然恢弘。
我们从哪里来？我们归何处去？
我们从哪里来？我们归何处去？

百年复百年，
只有爱永恒！

雪花

下——雪——啦！
下——雪——啦！
晶莹的雪花，悄悄地落下；
温暖的山村，甜甜地睡啦。
你从天宫里归来，大地是你的娘家；
等你的那盏灯笼，为你摇曳着红纱。

你落在枝头，春天化作满园盛开的梨花；
你飘进梦里，农家飞来长着翅膀的金娃。
你就像丰年的使者，把喜庆送给了华夏。

你情系山川，把冬天装扮成美丽的童话；
你融进田野，寒风里呵护着生命的娇芽。
你就像无韵的乐章，把天籁在人间挥洒。

啊，雪花，晶莹的雪花！
年年岁岁，扬扬洒洒，
天地交融，洁白无瑕。

黄国铭绘画作品《冬》

秋来了

秋来了，
秋，来了，
一年最美的季节是秋天；
秋来了，
秋，来了，
一年最爽的时光是秋天。
天湛蓝，水浩远，
白云悠悠，五色远山。
不知道古人悲什么叹？
不明白闲人赋什么酸？
一年的希望都在秋，
秋天过后就迎新年。

秋来了，
秋，来了，
一年最美的季节是秋天；
秋来了，
秋，来了，

一年最爽的时光是秋天。

人气高，笑声甜，

五谷丰登，六畜盈圈。

不知道古人哀什么愁？

不明白闲人发什么怨？

一年的喜悦都在秋，

秋天过后就迎新年。

我不寂寞我快乐

喜欢一个人独坐，
却有人说我寂寞，
其实朋友不懂我，
谁有时间玩寂寞！

大海告诉我宽容，
蓝天送给我辽阔，
太阳照亮我的梦，
月亮陪伴我求索。

飞鸟向我问好，
清风听我诉说，
雪花让人憧憬，
绿色暖人心窝。

我和天地同呼吸，
我不寂寞我快乐。

春节

把一年的忙碌锁起来，
把一年的思念捧出来；
天南地北的中国人，
把回家的大路排成排。

远方的家里有团圆，
远方的家里有期待；
一年长出的生命果，
一定要回到家里摘。

年复一年，
情满四海；
春满人间，
馨香百代！

望儿山

望儿山，望儿山。
慈母望儿归，伫立在海边。

夫不在，儿依恋；
盼儿好，省吃穿。
只手擎日月，劳苦十八年；
送儿去寻梦，隔海千里远；
归期空对月，望儿眼欲穿。

一天又一天，
一年又一年。
眼泪汇成了河，
慈母化成了山。
不知道儿已葬大海，
山有灵翘首盼儿还。
啊，望儿山，望儿山！
千年万年，慈母爱，永不变！

笑在蓝天下

小时候妈妈叮咛我，
别人的东西不能拿；
长大了爸爸告诫我，
黑心的钱财不能花。
要清清白白做人，
堂堂正正地活着。
艰辛时守着清贫，
迷茫时想着有家。

一辈子忘不了父母的爱，
一辈子铭记着实在的话。
传给下一代，
笑在蓝天下。

家是一生的牵挂

人人都有一个家，
家是一生的牵挂。
人在家的怀抱里，
心在家的屋檐下。

在外纵有千般好，
忘不了的却是家；
五彩缤纷大世界，
家的感觉最奢华。

家是生命的根，
没了根就没了家；
家是擎天的树，
风雨再大也不怕。
千家万家抱成团，
那就是咱的大中华！·

第四篇

长相思

情满人间

月亮徜徉在海面，
秀发飘晕到天边；
远方传来古老的歌谣，
千里万里情思缠绵。

月是家乡明，
梦里醉婵娟；
人随波影动，
心在月中圆。

啊！
天地一色，
情满人间。

守望

我愿做一颗星星，
守望在你的身旁；
你是皎洁的明月，
我和你辉映相望。

月圆的时候，
暗淡的星光；
月缺的时候，
我把夜空点亮。
守着你弯弯的美丽，
我送给你一轮希望；
再陪你一天天淡去，
年年岁岁，
地久天长！

爱悠悠

风雨飘摇的时候，
最亲的人和你同舟；
翻山越岭的时候，
好朋友一定陪你走。

亲人和你连着心，
朋友和你牵着手；
人间自有真情在，
天长地久到白头！

漫漫人生路，
情也悠悠，
爱也悠悠！

朋友是一杯淡淡的水

朋友是一杯淡淡的水，
饥渴时让你醉心扉；
朋友是一条长长的线，
迷途时为你牵南北。

品过多少浓香茶，
忘不了真情一杯水；
走过多少坎坷路，
朋友的牵挂永相随。

得意时把酒喝彩都是殷勤恭维客，
失意时点燃蜡烛身边只有朋友陪。
你抱一轮明月，
我揽一怀清辉，
天地同歌，
月华如水。

活着就要感恩

人活着先要学会感恩，
感谢帮过你爱过你的人；
人活着心里不应有恨，
也要感谢伤害过你的人。

帮你的人送给你友善，
伤你的人让你学会容忍；
爱你的人送给你亲情，
害你的人让你变得坚韧。

谁给了我们生命，
让我们在阳光下自爱自尊？
谁给了我们幸福，
让我们在岁月里享受温馨？

我们都活在恩典里，
我们都不能忘了本。

一辈子坎坎坷坷，

每一步都有难忘的人。

活着就要感恩，

活着一定要感恩！

爱人如己

爱人如爱己，
爱己更爱人。
人人有颗爱人心，
世界一家亲。

心有千千结，
有爱才是真，
真情画出同心圆，
和睦最温馨。

爱人，爱己；
爱己，爱人。
让天下撒满爱，
让人类心连心。

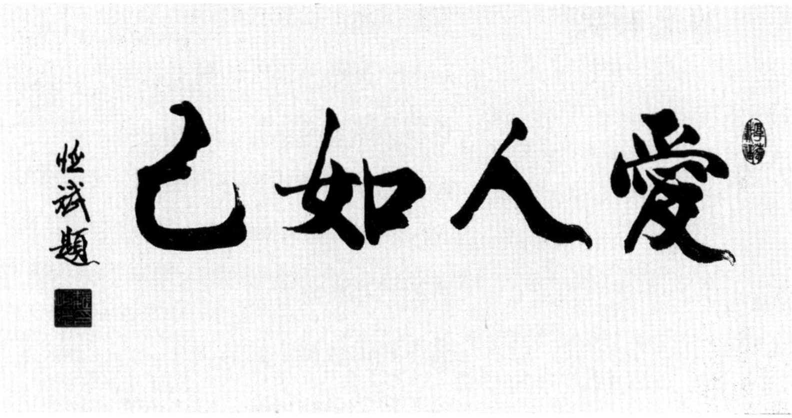

魏恒斌书法作品《爱人如己》

难忘的歌

岁月飞逝，相聚真好，
忘不了莫斯科郊外的晚上。
夜莺从故乡飞来，
田野里红莓花儿开放。

我们举杯歌唱春天，
笑声在山楂树下回荡。
为了我亲爱的母亲，
请点亮小路的灯光。

飞翔吧，和平鸽！
去寻找我亲爱的好姑娘。
美丽的候鸟告诉我，
有座可爱的城市远在北方。

附：

《岁月飞逝》，《相聚真好》，
忘不了《莫斯科郊外的晚上》。

《夜莺》从《故乡》飞来，
《田野》里《红莓花儿开》放。
《我们举杯》歌唱《春天》，
笑声在《山楂树》下回荡。
为了《我亲爱的母亲》，
请点亮《小路》的《灯光》。

《飞翔吧》，《和平鸽》！
去《寻找》《我亲爱的好姑娘》。
美丽的《候鸟》告诉我，
《有座可爱的城市远在北方》。

注：书名号内文字为俄罗斯歌曲名称。

我的好丈夫

你是家里的半边天，我和孩子是另一半；
你是家里的主心骨，撑起了爱的油纸伞。

在家你是大男孩儿，出门你是钢铁汉；
为了过上好日子，你能挑起千斤担。

你是家里的顶梁柱，我和孩子是五彩线；
你是家里的红灯笼，照亮了爱的乌篷船。

在家你是甘泉水，出门你是一座山；
为了呵护这个家，你能擎起整个天。

啊，我的好丈夫！
遇见你是百年的福，
嫁给你是千年的缘！

妻子

妻子是一条长长的线，
丈夫是风筝她心中牵。
阳光明媚的春风里，
她会把你放飞上天。

她知道你能飞多高，
她知道你能飞多远。
你什么时候回头看，
她都守望在家门前。

妻子是一本厚厚的书，
丈夫一辈子都读不完。
你高兴时她开怀笑，
你烦恼时她解心宽。

她知道你梦里的事，
她知道你的苦和甜。
你享尽儿女绕膝乐，
她让你一生有依恋。

夫妻

人生不容易，
夫妻是伴侣；
相亲相爱手牵手，
一路走到底。

不知道哪里有沟坎，
不知道何时来风雨；
就是梦中化作蝶，
也要做人间好夫妻。

热了有人擦把汗，
凉了有人披件衣；
再长的夜晚也不怕，
说啥都甜蜜。

人生不容易，
夫妻是伴侣；

相亲相爱手牵手，
一路走到底。

不知道前生都是谁，
不知道来世在哪里；
今生有缘同船渡，
这辈子就做好夫妻。

渴了有人递杯水，
病了有人心里急；
这世上除了爹和娘，
最爱是夫妻。

我想牵住你的手

我想牵住你的手，
十指连心紧相扣。
去看山，去看海，
在星光下慢慢地走。

我想牵住你的手，
十指连心紧相扣。
去看冬，去看夏，
在阳光里慢慢地走。

走啊走，
走啊走。
走进太阳，
走进月亮，
一直走到天尽头。

好女如玉，好女如冰

都说是女人似水千般情，
红尘里好女如玉晶如冰。
善良在你怀里舒展，
母爱在你心中永恒。
你深藏起羞涩和缠绵，
把柔弱凝聚成了坚硬。
啊！
好女如玉，好女如冰，
冰清玉洁，美丽晶莹！

憧憬在你怀里舒展，
希望在你心中永恒。
你期待着炽热的火焰，
把生命托付给了春风。
啊！
好女如玉，好女如冰，
冰清玉洁，美丽晶莹！

月儿弯弯，月亮圆圆

月儿弯弯，月亮圆圆；
弯弯圆圆，相随相伴。
千里万里跟我走啊！
天涯海角，人不孤单。

越过沟沟，越过坎坎；
回到家中，抱着团圆。
月亮怀里甜甜地醉，
灯笼羞得，红透了脸。

同心结结，同心圆圆；
明月化作，阖家美满。
爆竹声里浓浓的情，
春回大地，福满人间！

有爱
才会有感动

什么时候，
我们忘了被感动？
什么时候，
我们丢了爱和情？
其实感动在身旁，
人间处处有真诚。

一个微笑，
一声叮咛，
一句冷暖，
一点宽容。
只要用心看世界，
草木都是小精灵。

有爱才会有感动，
感动让爱更纯净，
一份感动一份爱，
世间万物都有情！

咱们头上是青天

身披一身乡土，头顶一片蓝天。
俺是一个农民，来到城里挣钱。

凭的是：
一身力气两只手，抖开膀子腰不弯；
千家留下我的笑，星星都说认识咱。
扛起连环立交桥，树起摩天大楼盘；
汗水送走春夏秋，左肩累了换右肩。

说实话：
夜里想家流过泪，心肠再硬也得软；
为了过上好日子，酸甜苦辣都能咽。
要说有啥放不下，就怕亲人总惦念；
梦里长出金翅膀，飞到家里报平安。

太阳照得心头暖，咱们头上是青天；
年轻不怕苦和累，幸福生活在明天！

蝶怨

春天的傍晚，
蝴蝶在花海里流连，
飘飞上枝头，
把传说染进了浪漫。
谁知道梁祝在哪里？
谁听过蝶语吐缠绵？
一个无奈挣脱的故事，
一曲绕梁千载的哀怨。
唱哭了多少痴情？
听断了几缕琴弦？
纵然是比翼双飞，
依旧是相看泪眼，
心有不甘，
声声叹！

问婵娟

望明月，
问婵娟，
天和地，
两相连。
月亮里可有蝶恋花？
月光下可有人相伴？
谁让你飞到天上去？
谁让你不爱红尘恋孤单？

长生不老又如何？
广寒宫里锁幽怨；
位列仙班又怎样？
袅袅清音对谁弹？

多少人为你声声叹？
多少代盼你夜夜圆？
最是相思空寂寥，
诗情画意在人间。

风入松·秋怀

秋来雁去夜啾鸣，
菊染淡妆浓。
窗前一抹清寒影，
看高处，
皓月临空。
最是相思无语，
谁人诵我心经。

书签依旧伴孤灯，
香色已消融。
枕边觅得竹枝令，
伴君老，
鹤舞西风。
辗转痴了眉角，
回眸墨洒丹青。

遇见了你

茫茫人海里，
回眸时遇见了你，
霎时间千年梦醒，
融进了你的旖旎。

还记得——
灵山脚下花如雪，
对对蝴蝶羽双翼；
三生石前两相约，
琴瑟化作鸳鸯啼。

忘不了——
痴情的串串泪珠，
缠绵了芝兰芳姬；
绕梁的唐诗宋词，
惹得人顾盼寻觅。

桃花艳几重？

人面曾相惜。

别说，别说，

一缕沉香，

袅袅升起，

两泓秋水，

浓浓禅意。

杨万德绘画作品《知音》

我为你美丽

我为你美丽，你在哪里？
期许着蓦然回首，
寂寞着月影凄凄。
只想为你红袖添香，
烛光下为你轻弹心曲；
只想与你牵手凭栏，
阳光下依你慢慢老去。
有一束凝眸，
温柔在宋词里。

走过了浪漫，我在梦里。
如一只柔弱的蝶，
可有肩膀能歇息？
只想为你虔诚祈福，
星空下为你轻诉琉璃；
只想与你把盏微醉，
夕阳下读你诗情画意。
有一次邂逅，
激动在沧海里。

缘在你手里

曾经有一个约定，
也许不能如期；
曾经有一个承诺，
也许已经淡去。
但我们都还活着，
只要我们还活着，
就不要轻言放弃。
你的沉默让我懂你，
我的无言不再迷离。
只要守护好那份心境，
一切都顺从天意。

其实，遗憾也是一种美丽，
不然来生找什么理由相聚？
人生不能没有盼望，
要不活着还有什么期许？

就这样，

挺好的，

情在我心中，

缘在你手里。

踏雪

很久以前的冬天，
曾和你一起踏雪。
你牵着我的手臂，
像孩子似的喜悦。
谁也不说话，
谁也不想说话，
只听踏雪的声音，
噢——耶！
噢——耶！
噢——耶……

走出围墙，走过城市，
一直走进无边的田野。
雪早已经停了，
天上现一轮新月，
转回身已万家灯火，
那里有一个童话世界。

噢——耶！

噢——耶！

噢——耶……

记住别人的好

记住别人的好，
别让心里有烦恼；
珍惜亲人的爱，
千丝万缕情到老。

人相对都有不如意，
有怨有恨有争吵。
活着图的是好心情，
春风能把冰雪消。

岁月不饶人，
眨眼夕阳照，
静夜问自己，
也有羞和臊。
若想友谊长久远，
那就记住别人的好。
真心付出你的爱，
好人一定有好报。

养育我的地方

养育了我的地方，是我可爱的家乡。
怀抱着家乡的土地，是祖国温暖的胸膛。

多少次疾风暴雨，风雨中你更加坚强；
多少回灾患磨难，患难后你更加辉煌。

啊，我可爱的家乡！
你是我生命的根，是我永恒的天堂！

离开你的时候，日思夜想；
亲近你的时候，充满力量。

那一缕缕情丝，愈久愈长；
那一份份依恋，地老天荒！

我用一生告诉你

你问我为什么喜欢你，
你问我为什么不放弃。
因为爱你才喜欢你，
因为喜欢就不放弃。

想你的时候，
忘了天和地；
看见你的时候，
不知道东和西。

别再问我为什么，
我用一生告诉你！
别再问我为什么，
我用一生告诉你……

第五篇

合和颂

国旗颂

太阳从东方升起，
染红了庄严的国旗；
霞光飞舞着金线，
绣成了永恒的壮丽！
啊！五星红旗！
你辉映山河，你情系大地；
你舒展辉煌，你播撒生机。

大湖出高峡，游龙盘雪域；
紫气东方走，绿水回头急。
把梦想化作自强的壮举，
听太空响起飞天的旋律。
五千年的文明孕育了你，
五十六双臂膀擎起了你；
你是中华儿女的魂魄，
把伟大的中国在天地间凝聚！

太阳从东方升起，
染红了庄严的国旗；
霞光飞舞着金线，
绣成了永恒的壮丽！
啊！五星红旗！
你扬起尊严，你迎接机遇；
你拥抱和平，你传送友谊。

宾朋遍五洲，游子思故里；
希望胸前飘，理想展双翼，
用勤劳浇灌幸福的未来，
让智慧点燃振兴的豪气。
五千年的文明孕育了你，
五十六双臂膀擎起了你；
你是中华儿女的魂魄，
把伟大的中国在天地间凝聚！

注：潘兆和曲，魏松领唱。

白发颂

你就像高耸的大山，
辉映着银色的华冠；
你就像临风的玉树，
飘洒着洁白的庄严。

往事如水，坦荡平凡；
生命如诗，心血浇灌。
深情地把你凝望，
我的依恋啊母亲！
你用毕生的辛劳，
把慈爱撒满了儿女的心田。

你就像高耸的大山，
辉映着银色的华冠；
你就像临风的玉树，
飘洒着洁白的庄严。

岁月如歌，正气浩然；
信念如虹，辉煌灿烂。
骄傲地把你仰视，
我的前辈啊师长！
你用无悔的追求，
把希望托举在后人的双肩。

啊，华冠，银色的华冠！
啊，庄严，洁白的庄严！
生命如诗，正气浩然！
岁月如歌，辉煌灿烂！

和谐颂

一轮火红的朝阳，照亮了文明古老的东方；
一轮洁白的明月，送给了人间永恒的畅想。
一首华美的乐章，在天地之间弘扬着希望；
一条远航的大船，正扬帆在蓝色的海洋上。

困难压不垮脊梁，我们凝聚着坚强；
机遇把未来呼唤，我们挥洒着力量。
嫦娥太空传佳音，天路连通大西方；
城市走进新农村，欢声笑语新气象。

日升月落，光华万丈；
华夏文明，大道无疆。
祝愿我们美丽的家园，
自然祥和，永远富强！
祝愿我们伟大的祖国，
繁荣昌盛，永远辉煌！

自由颂

轻轻地捧起每一个黎明，
把温暖的阳光揽入怀中；
深深地吮吸着空气的芳香，
让心音融进自然的律动。

溪流欢歌，百鸟啾鸣，
大千世界，万象峥嵘。

啊！自由，自由！
你孕育理想，
你赞美生命！

在大地的怀抱里，
我们憧憬未来；
在蔚蓝的天空下，
我们放飞和平。

红叶颂

大地收获的季节，
醉红了满山的枫叶；
朝霞飘落在枝头，
迎来了丰收的十月。

啊，红叶，红叶！
风霜为你洗礼，
青松把你护卫；
你把绿色献给了养育你的大地，
深深的祝福凝聚成了一腔碧血。

南归雁，声喈喈；
恋红霞，情切切。
一片片飞去，飞去，
那是秋天的红蝴蝶。

杨万德绘画作品《秋音》

合和颂

天地者，万物之父母也。合则成体，散则成始。

——《庄子》

中华大文化，
煌煌天地间；
相亲相融一条根，
合和五千年。

同心同德合成体，
国泰民丰合家欢；
含笑一杯合卺酒，
鸾凤齐鸣合姻缘。

和气好，和风暖；
和衷共济，和是天。
曲高和不寡，家和保平安；
和谐才能合长久，和平才能合同愿。
合和伴日月，合和到永远。

牡丹颂

东方有一片沃土，
养育了神奇的牡丹；
历经千年的风霜，
盛开在人间的花园。

啊，牡丹！神奇的牡丹！
你妩媚，
醉了狂草醉了画魂；
你风流，
融进琴韵融进诗篇。
婀娜淑女妆，
西施羞红莲；
观音踏祥云，
昭君出边关。

啊！

人间奇葩，

中国牡丹！

东方有一片沃土，

养育了神奇的牡丹；

历经千年的风霜，

盛开在人间的花园。

啊，牡丹！神奇的牡丹！

你高贵，

雍容华丽灿烂多姿；

你娇艳，

惊世骇俗独领花冠。

汉宫春入梦，

二乔笑飞燕；

嫦娥奔月亮，

吉祥红满天。

啊！

国色天香，

中国牡丹！

注：“淑女妆”“西施”“红莲”“观音”“祥云”“昭君出边关（塞）”“汉宫春”“二乔”“飞燕（红妆）”“嫦娥奔月”“吉祥红”均为牡丹花名。

运河颂

中国有条大运河，
千年妩媚荡清波；
大船飞渡通南北，
烟雨过后更婀娜。

揽一怀春秋的故事，
看一轮隋唐的月色；
弹一曲宋元的古韵，
听一回明清的传说。

燕赵的风融进齐鲁的情，
京华沃野，气势磅礴；
荆楚的云化作吴越的雨，
江南锦绣，繁荣辽阔。

啊，大运河！
你辉映日月，你滋养生活。
你是中国的骄傲，你是人间的天河！

千秋金鉴

拂开尘封的云烟，捧起闪光的箴言，
有一个不朽的名字，在古老的铜镜上璀璨。
啊，大唐魏征！
你是中华民族的骄傲，
你是天下人伦的典范。

居安思危，戒奢以俭；
忠心辅国，敢诤敢谏。
铁骨擎道义，日月照肝胆。
为的是江山社稷，保的是国泰民安。
功高如山，千秋金鉴。

兼听则明，偏听则暗，
民为国本，基业久远。
丹心垂青史，正气贯长天。
为的是江山社稷，保的是国泰民安。
绩大如海，千秋金鉴。

魏恒斌书法作品《千秋金鉴》

根

我是一棵小树，
大地是我的母亲。
我的每一片绿叶，
都饱含着厚土的深情；
我的每一次挺拔，
都离不开滋养我的树根！

我是炎黄子孙，
中国是我的灵魂。
我的每一次呼吸，
都萦绕着祖国的芳香；
我的每一回感动，
都忘不了我是中国人！

和谐安天下

老子五千言，
说了一句话：
天道就是大自然，
和谐才能安天下。

万物都和谐，
青山绿水美如画；
天地都自然，
日升月落放光华。

人在天地间，
笔舞墨歌乾坤大；
江河归大海，
我们拥有一个家。

天道自然，
和谐天下。

同一个心愿

春风染绿了大地，
流水依恋着青山；
世界期盼着和平，
科学引领着发展。

百鸟朝凤，渔舟唱晚；
自强不息，国泰民安。

啊！
这是人类祖先的梦想，
这是未来文明的呼唤。
五千年辉煌大中国，
跨进了历史新纪元。

生机勃发，山川大地春潮扑面；
宏伟蓝图，绿色家园阳光灿烂。
我们有同一个理想，
我们有同一个心愿！

锣鼓敲醉了秧歌，鲜花映衬着笑脸；
城市走进了农村，智慧构建着明天。

厚德载物，大道自然；
琴瑟齐鸣，和谐家园。

啊！
这是天下儿女的梦想，
这是万物苍生的呼唤。
十三亿勤劳中国人，
屹立在东方天地间。

科学发展，高新园区气象万千；
深海码头，巨轮出海踏浪扬帆。
我们有同一个理想，
我们有同一个心愿！

中国心愿

经历过多少坎坷，我们走到了今天；
跨过了多少苦难，我们扬起了尊严。
忘不了国土沦丧的屈辱，
还记得野蛮强盗的凶残。

在血与火的废墟上，奋勇站起的中国，
像一条巨龙，腾飞在九天！
啊，中国！
你让世界看见了辉煌，
看见了一个民族的灿烂。

滚滚长江，巍峨泰山，
煌煌中华，恢弘诗篇。
我们祈祷，祈祷世界永远美好；
我们祝福，祝福世界永远平安。

注：刘官祎曲。该作品2011年7月获全国群众歌曲创作比赛金奖，并发表于2012《歌曲》第五期。

用心祈祷

太阳升起的时候，我向着东方问好；
无论我身在何处，我都会用心祷告。
我祈盼祖国繁荣，我祝福天下友好；
愿祖国永远富强，让人民平安福报。

皓月当空的时候，我向着苍天问好；
无论是阴晴圆缺，我都会虔诚祷告。
我祈盼风调雨顺，我祝福家家欢笑；
让世界远离灾难，让人民健康到老。

祖国啊！
我是你的儿女，你是我的依靠！
我永远为你祝福，我永远为你祈祷！

爱之梦

我们有过多少梦，
一代比一代更恢弘；
我们有过多少爱，
一天比一天更厚重。

人生的路啊！
山有几重？
水有几重？
不变的永远是真情。

怕就怕丢了爱，
怕就怕没了梦；
有梦才能有盼望，
有爱才能有彩虹。

爱在我心里，
爱在你手中。

祖国新年好

钟声传四海，神州涌春潮；
天下同声贺，祖国新年好！

举起喜庆的酒杯，
端上团圆的水饺；
天地交合万象新，
锣鼓迎春山河娇！

灯笼雪里红，喜鹊枝头叫；
天下同声贺，祖国新年好！

唱起欢乐的颂歌，
跳起祥和的舞蹈；
又是一年好时光，
烟花爆竹闹九霄！

为祖国祈祷

每一个新年的夜晚，
我都会为祖国祈祷；
那辞旧迎新的钟声，
把我的心音送上九霄。

我盼望祖国富强，
我祝愿家家欢笑；
我祈祷亲人平安，
我期待好人好报。

啊！
为祖国祈福，为亲人祷告！
爱的天使，把我拥抱！

我爱你，每一个清晨

每一个清新的黎明，我都会离开家门。
城市还在睡觉，星星伴我除尘。
啊，美丽的家园！
我爱你每一个角落，我爱你每一条绿荫！
洒下辛劳的汗水，把快乐送给路人。

每一个平静的黎明，我都会擦去睡痕。
家人还在梦里，轻轻走出温馨。
啊，美丽的家园！
我爱你每一个广场，我爱你每一个清晨！
带着舒心的微笑，把祝福送给路人。

看呐！
一轮火红的朝阳，
照亮了万象更新！

杨万德绘画作品《秋》

我的家乡，我的祖国

我可爱的家乡，
有许多美丽的传说，
精卫填大海，
嫦娥飞月亮；
年年有一个夜晚啊，
痴心不改的牛郎织女，
相聚在天上的银河。

我骄傲的祖先，
有许多伟大的发明，
航海指南针，
华佗用百草；
岁岁盼五谷丰登啊，
辞旧迎新的烟花爆竹，
是东方最早的阿波罗。

啊！古老神奇的土地！
啊！秀丽壮美的山河！

生生不息，
勤劳养育着民族；
代代相传，
智慧装扮着中国。
驾轩辕龙辇，
牵南流的水往北坡上走；
揽宇宙神奇，
圆千年的梦做太空的客。

大路通乡村，
五洲联网络，
立交跨繁荣，
太平舞秧歌。

情思延绵，
我可爱的家乡；
魂牵梦绕，
生我养我的祖国。

人间万象爱之梦

爱是一棵树，
扎根在心中；
爱是一团火，
日出东方红。

心田养育树长大，
绿色摇曳醉东风；
夕阳晚照听归帆，
山清水秀看鸟鸣。

别让爱蒙尘，
别让爱心痛，
爱也渴望爱，
爱也牵着情。
千树万树连成荫，
人间万象爱之梦。

只要有梦

只要有梦，就能成功；
只要拼搏，就是英雄。

生活的路有千万条，
每条路上都有彩虹；
机会就在你身边过，
千万别坐在家里等。

涓涓溪流汇成河，
点点星光照夜空；
自古天道酬劳勤，
贫富由你自己定。

啊，亲爱的朋友，
站起来，吼一声。
相信你自己，
一定能成功！

起来，中国足球

起来，中国足球！
十三亿中国人就站在你身后；
起来，中国足球！
所有的铁杆球迷都为你加油。
跌倒站起来，
输了魂别丢；
憋足一口气，
凌空狮子吼！

我们为进攻疯狂，
我们为进球欢呼。
射门是真功夫，
快雄起你的头。
起来，快起来，

中——国——足——球！

挺过去
就能有神话

老辈人常说一句话：
遇到难事就咬紧牙，
世上没有过不去的坎，
挺起胸膛别害怕。

山崩地裂水连天，
中国人咬牙没倒下；
扛着艰难搞发展，
看今天的中国多强大。

灾难临头躲不过，
咬紧牙关就压不垮；
太阳不会从西边来，
挺过去才能有神话。

中国人就是中国人，
顶天立地，擎起华夏！

深圳之恋

原本是一隅浅海湾，
湾里面摇着打渔船，
岸上是低矮的小村落，
大千世界在水那边。

忽如一夜春风来，
荒野变成桃花源。
左手牵动太平洋，
右臂挽起大中原。

鲲鹏展翅飞九天，
俯瞰五彩莲花山；
深南大道铺锦绣，
百年蓝图引凤鸾。
啊！
火红的勒杜鹃，
怡人的深圳湾，
东风浩荡又一春，
明天更灿烂！

世界一家亲

世界一家亲，
同住地球村，
我们手牵手，
爱己更爱人。

献出我的爱，
温暖你的心，
拳拳赤子情，
爱心抵万金。

啊！
天高地也厚，
祝福天下人！

图书在版编目（CIP）数据

大爱有声 / 董伟达 著. —北京：东方出版社，2014. 8
ISBN 978-7-5060-7727-9

Ⅰ. ①大…　Ⅱ. ①董…　Ⅲ. ①诗集-中国-当代　Ⅳ. ①I227

中国版本图书馆 CIP 数据核字（2014）第 208576 号

大爱有声
（DAAI YOUSHENG）

作　　者：董伟达
产品经理：刘晓立
责任编辑：杨　颖　刘晓立
出　　版：东方出版社
发　　行：人民东方出版传媒有限公司
地　　址：北京市东城区朝阳门内大街 166 号
邮政编码：100706
印　　刷：香河利华文化发展有限公司
版　　次：2014 年 10 月第 1 版
印　　次：2019 年 5 月第 2 次印刷
开　　本：630 毫米×910 毫米　1/16
印　　张：12. 25
字　　数：46 千字
书　　号：ISBN 978-7-5060-7727-9
定　　价：32. 00 元